Wie Greifswald zu seinem Namen kam
Entstehung und Namensgebung

Herold zu Moschdehner

Wie Greifswald zu seinem Namen kam

Entstehung und Namensgebung

Bibliografische Information der Deutschen Nationalbibliothek
Die Deutsche Nationalbibliothek verzeichnet diese Publikation in der Deutschen Nationalbibliografie; detaillierte bibliografische Daten sind im Internet über http://dnb.d-nb.de abrufbar.

ISBN: 978-3-7693-0507-4

Copyright (2024) Herold zu Moschdehner
Verlag: BoD · Books on Demand GmbH,
In de Tarpen 42, 22848 Norderstedt
Druck: Libri Plureos GmbH,
Friedensallee 273, 22763 Hamburg
Alle Rechte bei dem Autoren.

12,99 Euro

Vorwort

Greifswald – eine Stadt, die auf eine Geschichte zurückblickt, die von Mut, Gemeinschaft und einer tiefen Verbundenheit zur Natur geprägt ist. Die alten Bäume und geheimnisvollen Wälder, die diese Region umgeben, waren für die frühen Siedler nicht nur Lebensquelle, sondern auch eine Herausforderung. Hier, an diesem Ort, wurde eine besondere Gemeinschaft gegründet, die das Leben mit und im Einklang mit der Natur stets wertgeschätzt hat.
Dieses Buch ist eine Reise in die frühen Jahre von Greifswald und erzählt die faszinierende Entwicklung eines kleinen Außenpostens hin zu einer blühenden Stadt. Es beschreibt, wie Menschen mit wenig Mitteln und großen Visionen diesen Ort aufgebaut haben, und wie ihre Taten und Überzeugungen ein Erbe hinterließen, das bis heute tief in der Stadt verwurzelt ist.
Die Geschichte von Greifswald ist weit mehr als eine Ansammlung von Jahreszahlen und Ereignissen; es ist die Geschichte einer Gemeinschaft, die sich ihren Platz in einer ursprünglichen und geheimnisvollen Naturwelt erkämpfte. Die Erzählungen und Legenden, die in diesem Buch beschrieben sind, geben Einblicke in die Werte und Traditionen, die Greifswald seit Jahrhunderten prägen und die bis heute lebendig sind.
Begleiten Sie uns auf eine Reise in das Herz dieser Stadt und entdecken Sie, was Greifswald zu dem gemacht hat, was es heute ist – ein Ort, an dem Vergangenheit und Gegenwart harmonisch

nebeneinander bestehen und eine
Gemeinschaft, die stets daran erinnert wird, wie
wichtig der Einklang mit ihrer Umgebung ist.

Kapitel 1: Die Legende des Waldes

In einer Zeit, lange bevor der Ort Greifswald seinen Namen erhielt, lag ein gewaltiger Wald wie ein schützender Mantel um die kleinen Dörfer verstreut in der Landschaft. Dieser Wald, dicht und geheimnisvoll, zog sich über Meilen und schien kein Ende zu nehmen. Die Dorfbewohner kannten ihn gut, doch nur wenige wagten sich tief in das Dickicht, wo die Sonne kaum den Waldboden erreichte und die Schatten immer dichter wurden. Stattdessen blieb der Wald in den Köpfen der Menschen sowohl ein Segen als auch ein Mysterium, das ebenso viele Geschichten hervorrief wie Respekt und Ehrfurcht. Der Wald war nicht nur ein Ort; er war eine Lebensader für die Dörfer. Die Dorfbewohner lebten in einer ständigen Wechselwirkung mit ihm, nutzten die wertvollen Ressourcen, die er ihnen schenkte, und hüteten sich, ihm mehr zu nehmen, als sie benötigten. Holz war der Schatz, der den Dörfern Wärme und Schutz brachte. Die Männer brachen früh am Morgen auf, wenn der Nebel noch schwer zwischen den Bäumen lag, und kehrten erst nach einem langen, arbeitsreichen Tag zurück. Die Geräusche der Äxte und Sägen hallten durch die Bäume, und manchmal schien es, als würde der Wald diese Geräusche schlucken, als würde er die Stimmen der Männer aufnehmen und sie in seinem Inneren verschwinden lassen. Doch die Männer gingen vorsichtig vor – sie wussten, dass der Wald zwar Nahrung und Schutz bot, aber dass er auch ein gewisses Eigenleben hatte, das sie respektieren mussten.

Der Tagesablauf der Dörfer richtete sich nach dem Rhythmus des Waldes. Morgens, noch vor Sonnenaufgang, bereiteten die Frauen und Kinder das Frühstück vor, während die Männer ihre Werkzeuge schulterten und sich leise auf den Weg machten. Die Dorfältesten erzählten immer wieder von den Geheimnissen und Gefahren, die der Wald bereithielt, von Orten, die kein Mensch je betreten sollte, und von Wesen, die im Schatten der alten Bäume lauerten. Doch diese Erzählungen gerieten allmählich in Vergessenheit. Für die jüngeren Generationen waren sie zu alten, überlieferten Geschichten geworden, die bei den Erntefesten erzählt wurden und denen man kaum noch Bedeutung beimaß.

Es war ein eigenartiger, ungeschriebener Bund, den die Dorfbewohner mit dem Wald eingegangen waren: Sie nutzten ihn, aber sie wagten es nicht, ihn zu durchdringen. Es gab strenge Regeln, die besagten, dass man niemals ohne Grund oder in der Dunkelheit in den Wald gehen sollte. So wagten sich die Männer stets nur so weit hinein, wie sie das Licht des Waldrands noch sehen konnten. Das Dickicht war dicht, die Bäume standen wie Wachtposten nebeneinander und bildeten eine Wand, die wie eine Grenze zwischen der zivilisierten Welt der Dörfer und einer wilden, unberührten Welt dahinter wirkte.

An warmen Sommertagen, wenn die Sonne auf den Wipfeln der Bäume lag, herrschte im Wald eine eigentümliche Stille. Das Zwitschern der

Vögel und das Summen der Insekten verstummte, und die Männer hatten oft das Gefühl, als würde der Wald selbst ihre Schritte und das Knistern der Blätter unter ihren Füßen aufnehmen. An manchen Tagen fühlte es sich an, als ob die Äste und Wurzeln der Bäume ihnen fast den Weg versperrten und sie dazu drängten, sich umzukehren. Manchmal, besonders in der frühen Morgenstunde, glaubten einige, in der Ferne das Heulen von Wölfen zu hören oder das leise Knacken von Ästen, als ob etwas Unsichtbares durch den Wald schlich.

Doch der Bedarf an Holz stieg mit den Jahren. Die Dörfer wuchsen, neue Häuser und Hütten entstanden, und das Holz wurde knapp. Die Menschen wagten sich weiter in den Wald hinein, wo die Stämme dicker und das Holz widerstandsfähiger war. Die Geräusche der Äxte und das Knarren der fallenden Bäume wurden vertraut, und die Dorfbewohner hörten jeden Tag von neuen Funden – von mächtigen Eichen und Kiefern, die tief im Herzen des Waldes standen und wie riesige Säulen in den Himmel ragten. Die Männer, die sich in die tieferen Teile des Waldes wagten, sprachen immer wieder von eigenartigen Orten, die sie durchquerten. Einige erzählten von Flechten, die wie lange, gespenstische Haare von den Ästen hingen, andere berichteten von plötzlicher Stille, die jeden Laut verschlang, als ob der Wald für einen Moment den Atem anhielt. Und es gab Höhlen, tief im Erdreich, deren Eingang oft von Moos und Farnen verborgen war. Keiner der Holzfäller wagte es, hineinzugehen, denn es hieß, diese

Höhlen führten zu uralten Gängen, in denen die Stimmen derer, die einst in den Wald gegangen und nie zurückgekehrt waren, noch immer wisperten.

Der Wald schien zu leben, und das war es, was die Dorfbewohner ihm gegenüber vorsichtig stimmte. Manchmal erzählte einer von ihnen, dass er das Gefühl gehabt hätte, beobachtet zu werden, und andere schworen, im Augenwinkel dunkle Schatten gesehen zu haben, die sich durch die Bäume bewegten. Doch dies waren Geschichten, die man am Lagerfeuer erzählte und die am nächsten Morgen wieder als Hirngespinste abgetan wurden. Der Wald war ein Ort der Arbeit, und die Männer wollten sich nicht von Ängsten und Gerüchten leiten lassen.

Doch trotz der täglichen Arbeit und der Vertrautheit mit dem Wald wagte niemand, sein Herz zu betreten. Die Menschen beschränkten sich auf die Ränder und die gut begehbaren Pfade, die sie über Jahre hinweg markiert hatten. Die Dorfbewohner wussten, dass der Wald sein eigenes Wesen hatte, und sie respektierten es – ein Gleichgewicht, das sich über Generationen hinweg eingespielt hatte.

Es war dieser unausgesprochene Respekt, der die Männer stets daran erinnerte, ihre Arbeit mit Vorsicht zu verrichten. Die Dörfer brauchten das Holz, und sie nutzten es, um ihre Häuser, Zäune und Scheunen zu bauen. Doch die Ältesten erinnerten die Holzfäller immer wieder daran, dass das Dickicht nur so viel gab, wie es bereit war zu opfern. Niemand sollte den Zorn des

Waldes wecken oder seine Grenzen
herausfordern.
Die Dorfbewohner wussten, dass sie einen stillen
Pakt mit dem Wald geschlossen hatten: Der Wald
war die Quelle ihrer Nahrung und ihres
Wohlstands, doch dafür sollte man ihm mit
Ehrfurcht begegnen und niemals seine
geheimsten Tiefen betreten. Die Erzählungen der
Alten erinnerten daran, dass die Balance
zwischen Mensch und Wald nur bestehen blieb,
solange man sich an die unausgesprochenen
Gesetze hielt.
Der Wald war für die Dorfbewohner also viel mehr
als nur ein Ort der Arbeit. Er war das Fundament
ihres Lebens, das sie nährte, schützte und
gleichzeitig immer ein Stück Unbekanntes in sich
trug.

Kapitel 2: Die Verschwundenden

Mit jedem Jahr, das verging, drangen die Holzfäller weiter in den Wald vor. Die dichten Bäume, die einst am Rand gestanden hatten, wichen tieferem, dunklerem Dickicht. Doch die wachsenden Dörfer verlangten nach immer mehr Holz, und so wagten sich die Männer tiefer hinein, als es ihre Väter und Großväter je getan hatten. Für einige Zeit schien alles gut zu gehen – die Trupps kamen jeden Abend zurück, ihre Wagen schwer beladen mit dem besten Holz des Waldes. Doch die Stimmung unter den Dorfbewohnern blieb gedämpft, denn sie wussten, dass sie die Grenzen des Waldes nun regelmäßig überschritten.

Es war ein kalter, nebelverhangener Morgen im Spätherbst, als ein Trupp aus erfahrenen Holzfällern und jungen, kräftigen Männern sich in den Wald aufmachte, wie sie es seit Wochen getan hatten. Die Gruppen verließen früh das Dorf, die Äxte geschultert und in schweren, wärmenden Mänteln gehüllt, um der aufziehenden Kälte zu trotzen. Ihre Schritte knirschten über den gefrorenen Boden, und die Kälte ließ ihre Atemwolken wie weiße Gespenster über dem Dickicht schweben. Der Nebel hing so schwer zwischen den Bäumen, dass die Männer kaum das Licht der aufgehenden Sonne sahen. Doch dieser Trupp, der an jenem Morgen in das Herz des Waldes aufbrach, sollte niemals zurückkehren.

Am Abend versammelten sich die Familien der Männer am Waldrand, wie sie es oft getan

hatten. Sie warteten darauf, dass die vertrauten
Silhouetten der Holzfäller durch das letzte Licht
der Dämmerung sichtbar würden. Die Frauen und
Kinder standen in kleinen Gruppen beieinander,
sprachen leise miteinander und warfen immer
wieder Blicke in die Dunkelheit, die nun fast
undurchdringlich war. Doch die Nacht brach
herein, und die Männer kamen nicht zurück.
Die Unruhe im Dorf wuchs. Einige Männer wagten
sich mit Fackeln bis zum Waldrand und riefen die
Namen der Vermissten, doch keine Antwort hallte
aus dem Dunkel zurück. Ein Flüstern ging durch
die Reihen der Dorfbewohner – vielleicht hatten
die Männer sich verirrt oder waren durch einen
wilden Fluss am Weiterkommen gehindert
worden? Manche versuchten sich damit zu
trösten, dass der Trupp vielleicht einfach ein
Lager für die Nacht errichtet hatte und am
nächsten Morgen zurückkehren würde. Doch es
war nur ein schwacher Trost, und die Nacht
verstrich ohne Neuigkeiten.
Am nächsten Morgen, als die Sonne nur zögerlich
den Nebel durchbrach, beschloss eine kleine
Gruppe von Männern, die Spuren des Trupps zu
suchen und ihre Kameraden zurückzubringen. Die
Dorfbewohner sahen ihnen mit angespannten
Gesichtern nach und warteten. Die Männer, die
den Wald betraten, waren leise und aufmerksam,
und sie folgten den vertrauten Pfaden, die die
Holzfäller so oft benutzt hatten. Doch als sie tiefer
ins Dickicht kamen, fanden sie etwas, das sie
erstarren ließ: zerbrochene Äste und
Fußabdrücke, die sich abrupt im Boden verloren.

Nach Stunden des Suchens, in denen sie immer wieder die Namen der Vermissten riefen und hofften, eine Antwort zu hören, kamen die Männer schließlich erschöpft und unverrichteter Dinge ins Dorf zurück. Die Dorfbewohner warteten bereits, in der Hoffnung, Neuigkeiten zu hören. Doch als die Suchenden von der Leere und den verstummten Stimmen des Waldes berichteten, breitete sich ein dumpfes Schweigen aus. Der Wald hatte seine Antwort gegeben: Die Männer waren fort, und niemand wusste, wohin. In den kommenden Tagen wagte sich kaum jemand in die Nähe des Waldes. Die Menschen mieden das Dickicht, als ob es eine unsichtbare Grenze hätte, die man nun nicht mehr überschreiten durfte. Die Stimmen der Alten erhoben sich, und sie erinnerten an die Geschichten und die Warnungen, die über Generationen weitergegeben worden waren. Einige behaupteten, dass der Wald eine Art Bewusstsein habe, dass er die Männer in seine Tiefen gelockt und verschluckt habe. Andere sagten, dass die verschwundenen Holzfäller womöglich einer alten, verborgenen Gefahr zum Opfer gefallen seien.

Doch trotz der Trauer und Ungewissheit, die das Dorf umgab, wuchs die Notwendigkeit, weiter Holz zu schlagen. Der Winter näherte sich, und die Vorräte reichten kaum, um die Dörfer warm zu halten. Die Ältesten berieten sich und beschlossen, noch einmal eine Gruppe in den Wald zu schicken. Sie sollten nicht weit gehen, nur so tief, wie es nötig war, um die wichtigen Vorräte zurückzubringen. So stellten die Dörfer

erneut eine Truppe mutiger Männer zusammen –
diesmal schwer bewaffnet und von erfahrenen
Fährtenlesern begleitet, die den Weg sichern
sollten.
Am frühen Morgen brachen die Männer auf, ihre
Fackeln und Speere im Nebel des Spätherbstes
kaum zu erkennen. Die Dorfbewohner sahen
ihnen nach, ihre Gesichter voller Sorgen und
Zweifel, ob dieser Trupp je zurückkehren würde.
Diesmal aber sollte der Trupp nicht nach
Vermissten suchen; sie sollten nur so viel Holz wie
möglich beschaffen und schnellstmöglich
zurückkehren.
Die Männer bewegten sich vorsichtig, sie gingen
leise, und das dumpfe Knacken von Zweigen und
das Rascheln der Blätter unter ihren Füßen klang
unheilvoll. Jede Bewegung war aufmerksam,
jedes Geräusch hinterließ einen Schatten des
Zweifels in ihren Herzen. Auch sie fanden die
Spuren der ersten Gruppe, die so abrupt
endeten. Das Wissen um die verlorenen
Kameraden lastete schwer auf ihnen, und
obwohl sie ihre Arbeit so schnell wie möglich
verrichteten, konnte keiner der Männer das
beklemmende Gefühl loswerden, dass sie
beobachtet wurden.
Doch auch dieser zweite Trupp kehrte nicht
zurück. Der Wald hatte sie verschlungen, und
nichts deutete darauf hin, was geschehen sein
könnte. Die Dorfbewohner versammelten sich am
Waldrand, ihre Herzen schwer und voller Trauer.
Sie riefen die Namen der Männer und hofften auf
ein Echo, doch der Wald schwieg. Es war, als
hätte er die Stimmen der Männer tief in seinem

Inneren verschluckt und sie für immer
verstummen lassen.

In der folgenden Woche, als die Tage kürzer und
die Nächte kälter wurden, zog sich das Dorf in
sich zurück. Die Frauen und Kinder blieben dicht
beieinander, und die Männer gingen ihren
Aufgaben leise und bedächtig nach. Die
Geschichten über den Wald wuchsen und
wurden zu einem Flüstern, das sich wie eine
unsichtbare Bedrohung über die Dörfer legte.
Kinder wurden angewiesen, sich dem Waldrand
nicht zu nähern, und bei Einbruch der Dunkelheit
wurden die Türen fest verriegelt.

Die Ältesten wussten, dass sie handeln mussten,
bevor noch mehr Männer verschwanden. Doch
diesmal sollte der Trupp aus den besten und
erfahrensten Männern der Dörfer bestehen –
solchen, die ihre Stärke und ihr Wissen über den
Wald bewiesen hatten. Sie sollten keine Vorräte
mehr beschaffen, sondern dem Geheimnis auf
den Grund gehen, das den Wald umhüllte. In
schweren, besorgten Gesprächen wurde
beschlossen, dass diese Männer bewaffnet und
mit Vorräten ausgestattet in die Tiefen des
Waldes vordringen würden, um die verlorenen
Kameraden zu suchen und die Ursache der
rätselhaften Verschwindungen zu ergründen.

Am Morgen ihrer Abreise herrschte im Dorf eine
bedrückende Stille. Die Frauen und Kinder
standen zusammen, hielten sich an den Händen
und verabschiedeten die Männer mit schweren
Herzen. Die Kinder warfen neugierige, ängstliche
Blicke in das Dunkel des Waldes, und die
Dorfbewohner sprachen kaum. Die Gesichter der

Männer, die sich auf den Weg machten, waren
angespannt, ihre Augen schauten entschlossen
in das schattige Dickicht.
Der Wald wartete still auf sie, und mit jedem
Schritt, den sie tiefer ins Dunkel setzten, schien
das Flüstern des Waldes wie ein Echo ihrer
eigenen Stimmen durch die Bäume zu hallen.

Kapitel 3: Die Truppe der Mutigen

Nachdem zwei Gruppen von Männern spurlos im Wald verschwunden waren, schien eine schwere, unsichtbare Last auf den Dörfern zu liegen. Die Trauer und die Fragen, die unbeantwortet blieben, waren wie Schatten, die mit jedem Sonnenuntergang länger wurden. Doch der Winter stand vor der Tür, und die Vorräte an Holz waren knapp. Ein Gefühl der Beklemmung machte sich breit, denn die Menschen wussten, dass sie den Wald nicht einfach meiden konnten – das Holz war überlebenswichtig. Sie mussten eine Entscheidung treffen.

So beriefen die Ältesten der Dörfer eine Versammlung ein. In der Mitte des Dorfes, unter dem offenen Nachthimmel, trafen sich die stärksten und erfahrensten Männer, während die Ältesten Pläne schmiedeten. Es war klar, dass die Holzfäller diesmal nicht nur zum Holzschlagen losziehen würden. Diese Truppe sollte vor allem dem unheimlichen Geheimnis auf die Spur kommen, das die beiden anderen Gruppen verschlungen hatte. Bewaffnete Männer sollten die Holzfäller begleiten und ihnen Schutz bieten, wenn sich erneut eine Gefahr zeigte. Man versprach sich, diesmal vorbereitet und entschlossen den Wald zu betreten.

Die Nachricht von der geplanten Expedition verbreitete sich schnell, und bald fanden sich Freiwillige aus jedem Dorf ein. Es waren Männer, die für ihre Tapferkeit bekannt waren, Jäger und Fährtenleser, die jede Spur im Wald lesen konnten, sowie erfahrene Holzfäller, die sich in

den unzähligen Pfaden des Dickichts auskannten. Männer wie Wilhelm, der älteste und erfahrenste Jäger des Dorfes, der nie mit leeren Händen aus dem Wald zurückgekehrt war, und Heinrich, ein junger, starker Mann, der mit seiner bloßen Hand eine Axt so kraftvoll führen konnte wie niemand sonst. Sie versammelten sich in einer kleinen, dichten Gruppe um die Ältesten, bereit, das Geheimnis des Waldes zu lüften.
Die Vorbereitungen zogen sich über mehrere Tage. Die Ältesten überließen nichts dem Zufall. Jeder Mann wurde gut ausgerüstet mit Proviant, wärmender Kleidung und einer Waffe, die sowohl Schutz vor wilden Tieren bieten als auch gegen eine unbekannte Bedrohung hilfreich sein konnte. Die jüngeren Männer erhielten Bögen und Pfeile, während die älteren Jäger und erfahrenen Kämpfer mit langen Speeren und Jagdmessern ausgestattet wurden. Einige der Dorfbewohner gaben ihnen kleine Glücksbringer und Amulette mit, Zeichen des Schutzes, die aus Knochen geschnitzt oder aus alten Überlieferungen gefertigt waren. Diese Amulette waren kleine Symbole der Hoffnung und Zuversicht, dass die Männer sicher zurückkehren würden.
Am Morgen des Aufbruchs herrschte eine angespannte Stille im Dorf. Die Truppe stand bereit, jeder Mann tief in Gedanken versunken und sich der Bedeutung ihrer Mission bewusst. Die Frauen und Kinder standen am Rand des Dorfplatzes, um sie zu verabschieden. Einige hielten den Atem an, während andere leise Gebete murmelten oder Tränen zurückhielten. Die Männer sahen sich ein letztes Mal um, die

ernsten Blicke der Zurückbleibenden im Rücken,
und traten dann, einer nach dem anderen,
entschlossen in die Richtung des Waldes.
Es war ein kalter, nebliger Morgen, und der Wald
schien die Gruppe bereits in seinen Schatten
aufzunehmen, noch bevor sie den Waldrand
erreicht hatten. Das Dickicht lag still und
bedrohlich da, als ob es die Ankunft der Männer
gespürt hätte. Die Truppe ging vorsichtig voran,
die Speere und Bögen griffbereit, während die
Fährtenleser sich an der Spitze hielten und die
Augen auf jeden Tritt im Boden richteten. Hin und
wieder deutete einer von ihnen auf eine Spur
oder einen abgebrochenen Ast, doch ihre
Gesichter blieben ernst und angespannt. Der
Wald schien ihnen seine Geheimnisse nicht
preisgeben zu wollen.
Die Männer drangen tiefer in den Wald ein, die
Wege wurden schmaler, und die Schatten
dichter. Die Vögel, die sonst frühmorgens
zwitscherten, schienen zu verstummen, je weiter
die Truppe vorrückte. Ein schauriges Schweigen
lag über dem Wald, das die Männer mit jedem
Schritt schwerer auf ihren Schultern zu spüren
glaubten. Manche glaubten, ein Flüstern zu
hören, als ob der Wald selbst etwas zu sagen
hätte, während andere das Gefühl hatten, von
unsichtbaren Augen beobachtet zu werden.
Als der Mittag nahte, erreichte die Gruppe eine
Lichtung. Die Männer hielten inne, um zu rasten,
und die Fährtenleser gingen umher, prüften
Spuren im Boden und studierten das Gelände.
Inmitten des Grases und der Moosschichten
fanden sie Überreste eines verlassenen Lagers:

abgebrochene Äste, die zu einem kleinen
Schutzdach gelegt worden waren, und Spuren,
die in den Boden gestampft waren. Doch das
Lager war alt und wirkte verlassen, als ob die
Bewohner es eilig zurückgelassen hätten. Es gab
keine Hinweise auf einen Kampf, kein Blut, keine
Werkzeuge, die zurückgelassen wurden. Es war,
als ob die Männer einfach spurlos verschwunden
wären.
Ein unbehagliches Gefühl kroch in die Herzen der
Männer, und sie konnten sich des Gedankens
nicht erwehren, dass sie einer unsichtbaren
Gefahr immer näher kamen. Die Geschichten der
Alten hallten in ihren Köpfen wider, Geschichten
von uralten Wesen und verborgenen Kräften, die
in den Tiefen des Waldes lebten und jeden
Eindringling verschlangen. Sie tauschten besorgte
Blicke aus, doch niemand sprach ein Wort.
Nach einer kurzen Rast machten sie sich weiter
auf den Weg. Die Bäume schienen immer größer
und dichter zu werden, ihre Äste verschlangen
das Licht und verwandelten den Wald in eine
Schattenwelt, die nur von den Fackeln der
Männer durchbrochen wurde. Die Fährtenleser,
die noch immer an der Spitze gingen,
entdeckten einen Pfad, der tiefer in das Dickicht
führte und den ersten Anzeichen nach von
Menschen betreten worden war – Spuren, die
wohl von den verschwundenen Holzfällern
stammten. Mit jeder Fußspur, die sie fanden,
wuchs das Gefühl der Beklemmung.
Je tiefer sie kamen, desto unheimlicher wurde die
Stille. Die Männer gingen langsam, fast als ob sie
sich nur widerwillig in diese Richtung bewegten.

Sie hielten ihre Waffen fest, ihre Augen schwirrten
hin und her, auf der Hut vor jedem Geräusch. Ein
Knacken von Ästen oder das Rascheln eines
Blattes ließ die Männer innehalten und mit
angespannten Muskeln lauschen, doch nichts
geschah. Die Stille war wie eine unsichtbare
Wand, die sie umgab und sie daran erinnerte,
dass der Wald seine Geheimnisse gut bewahrte.
Die Männer sprachen kaum, doch die Spannung
war spürbar. Einige der Jüngeren wischten sich
die kalten Schweißperlen von der Stirn, während
die Älteren in angespannter Konzentration den
Weg prüften. Schließlich beschloss die Gruppe,
ein Nachtlager aufzuschlagen, bevor es dunkel
wurde. Sie suchten eine geschützte Stelle und
legten ihre Waffen neben sich, während einer
von ihnen ein Feuer entfachte. Das Knistern der
Flammen war das einzige Geräusch, das die
unheimliche Stille durchbrach.
Die Nacht senkte sich über den Wald, und die
Männer spürten die Last ihrer Mission schwer auf
ihren Schultern. Der Wald war lebendig, doch er
zeigte sich ihnen nur als bedrohliches, tiefes
Dunkel. Sie hatten das Gefühl, dass der Wald auf
sie wartete, dass etwas in den Schatten lauerte,
bereit, zuzuschlagen, sobald sie die Augen
schlossen.
Mit wachsamem Blick blieben sie am Feuer sitzen,
das eine kleine Lichtinsel in der endlosen
Dunkelheit bildete. In dieser Nacht würde keiner
von ihnen wirklich schlafen. Sie saßen dicht
beieinander, die Waffen in Reichweite, und
lauschten, wie das Rauschen der Bäume und das

Knacken der Äste ihnen von einer unsichtbaren,
lauernden Gefahr erzählten.
Der Wald hatte ihre Herausforderung
angenommen – und die Truppe war nur einen
Schritt davon entfernt, in sein finsteres Herz
vorzudringen.

Kapitel 4: Schreie im Dickicht

Die Männer des Trupps, die im Innersten des Waldes lagerten, versuchten, trotz der beklemmenden Stille um sie herum Ruhe zu finden. Das Feuer knisterte leise und warf flackernde Schatten auf die umstehenden Bäume, doch die Dunkelheit blieb dicht und undurchdringlich. Der Wald, so schien es ihnen, lebte und atmete, als ob er sie belauern würde. Einige der Männer, die noch wach blieben, schauten angespannt in die Schwärze des Dickichts, jeder von ihnen angespannt und bereit, bei dem kleinsten Geräusch aufzustehen. Dann, mitten in der Nacht, durchbrach ein markerschütternder Schrei die Stille.
Die Männer fuhren erschrocken auf und griffen nach ihren Waffen, ihre Augen suchten die Dunkelheit ab, doch sie konnten nichts erkennen. Der Schrei war nicht das Heulen eines Wolfes oder das Brüllen eines Bären – es war ein seltsames, durchdringendes Kreischen, das durch den Wald hallte und einen kalten Schauer über ihre Rücken jagte. Sie versuchten, die Richtung des Geräuschs zu bestimmen, doch der Schrei schien von überall zu kommen, als ob der Wald selbst ihnen etwas zurufen wollte.
„Woher kam das?" flüsterte einer der Männer mit zitternder Stimme, und die anderen schüttelten nur stumm die Köpfe. Wilhelm, der erfahrene Jäger, der sie anführte, bedeutete ihnen mit einer Handbewegung, still zu bleiben und zu lauschen. Ihre Atemzüge wurden flach, und keiner wagte es, ein Geräusch zu machen.

Plötzlich bemerkten sie, dass einer von ihnen
fehlte. Hans, der junge Holzfäller, der noch bis
eben neben dem Feuer gesessen hatte, war
nicht mehr da. Sie hatten nicht gesehen, wie er
aufgestanden war, und doch war sein Platz leer,
als ob er sich in die Dunkelheit aufgelöst hätte.
Die Männer tauschten entsetzte Blicke aus – Hans
war nur einen Augenblick zuvor noch bei ihnen
gewesen. Die Stille war drückend, und sie
wussten, dass etwas in der Dunkelheit lauerte.
„Wir müssen ihn finden," murmelte Heinrich, die
Hand fest um den Griff seines Speers geklammert.
Doch kaum hatte er diese Worte ausgesprochen,
da durchzuckte ein erneuter Schrei die Nacht,
diesmal viel näher. Die Männer richteten ihre
Blicke nach oben, in die Baumkronen, und was
sie dort erblickten, ließ das Blut in ihren Adern
gefrieren.
Hoch über ihnen, verborgen im dichten Geäst,
hingen blutige Stofffetzen und ein Kopf, den sie
sofort als den von Hans erkannten. Der Kopf,
blutüberströmt und mit offenen, leblosen Augen,
schien die Männer anzustarren, als ob er sie
warnen wollte. Die Männer standen erstarrt da,
unfähig, sich zu bewegen, während das Bild ihres
gefallenen Kameraden sich ihnen tief ins
Gedächtnis brannte.
Dann, so plötzlich wie der Schrei, kam ein lautes
Rascheln und Knistern aus den Bäumen über
ihnen. Die Männer schauten hinauf, ihre Augen
weit vor Angst, und sahen ein riesiges,
schemenhaftes Wesen, das sich in den Schatten
bewegte. Sie konnten nur wenig erkennen, doch
sie sahen die Umrisse von großen Flügeln und

scharfen Krallen, die sich um die Äste krallten. Der Wald schien lebendig zu werden, und der unheimliche, kehlige Laut des Wesens schallte erneut durch das Dickicht.

„Lauft!" rief Wilhelm plötzlich, und die Männer stürzten in verschiedene Richtungen, die Angst war stärker als jeder Plan oder jede Überlegung. Sie rannten so schnell sie konnten, schlugen sich durch das Dickicht und versuchten, sich von den bedrohlichen Schatten über ihnen zu entfernen. Das Wesen in den Bäumen bewegte sich schnell und lautlos, und sie konnten das Geräusch seiner Krallen auf den Ästen über sich hören, während es sie gnadenlos verfolgte.

Der Wald, der ihnen zuvor wie eine undurchdringliche Wand erschienen war, verwandelte sich nun in ein unheimliches Labyrinth, das sie einzuengen schien. Die Männer liefen blindlings durch das Unterholz, ihre Schritte hallten durch die Nacht, und ihre Atemzüge waren hastig und schwer. Immer wieder blieb einer der Männer stehen, um sich umzublicken, doch der Schatten war schneller und schien ihnen stets einen Schritt voraus.

Einer der Männer, ein erfahrener Jäger namens Otto, versuchte, das Wesen zu erkennen, doch jedes Mal, wenn er glaubte, es zu sehen, verschwand es wieder in den Schatten. Es schien mit dem Wald zu verschmelzen, als wäre es ein Teil des Dickichts selbst. „Es ist kein Tier," murmelte Otto keuchend, „es ist etwas anderes, etwas… Unnatürliches." Doch bevor er den Gedanken zu Ende denken konnte, sah er, wie ein weiterer

Mann plötzlich verschwand, als ob der Wald ihn einfach verschluckt hätte.

Der Wald war nun erfüllt von verzweifelten Rufen, das Atmen der Männer mischte sich mit dem Rascheln der Blätter, und sie merkten, dass sie gegen etwas kämpften, das sie nicht verstehen konnten. Das Wesen, welches das Dickicht beherrschte, schien sich über ihre Angst zu freuen, es lauerte auf sie, folgte ihnen in der Dunkelheit, und sie wussten, dass sie ihm hilflos ausgeliefert waren.

Nach einer endlosen Flucht durch das Dickicht sammelten sich die verbliebenen Männer schließlich auf einer kleinen Lichtung, jeder von ihnen schwer atmend und voller Panik. Sie waren nur noch zu viert, und ihre Gesichter waren bleich und verschwitzt. Wilhelm sah die Männer an, seine Augen funkelten entschlossen, doch auch er spürte die Angst, die ihnen allen in die Glieder gefahren war.

„Wir müssen einen Plan schmieden," sagte er mit fester Stimme. „Dieses Ding… was immer es ist… kennt den Wald besser als wir. Doch wir dürfen nicht weiter auseinandergerissen werden." Die Männer nickten, und sie scharten sich zusammen, jeder hielt seine Waffe bereit, während sie versuchten, einen Ausweg aus dieser tödlichen Umklammerung zu finden.

Doch in diesem Moment ertönte das Kreischen des Wesens erneut, diesmal so nah, dass sie die Vibrationen in der Luft spüren konnten. Es war, als ob der Wald ihnen ein letztes Mal seine Macht demonstrieren wollte. Die Männer blickten in die Richtung des Geräuschs und sahen, wie der

Schatten des Wesens über den Bäumen auftauchte, groß und unheimlich, als ob es der Wächter des Waldes selbst wäre.

Mit einer letzten Kraftanstrengung, die aus purer Verzweiflung entstand, stürzten sich die Männer nach vorne, zurück ins Dickicht, in der Hoffnung, dem Grauen zu entkommen, das über ihnen lauerte. Sie liefen, ohne zurückzublicken, und jeder Schritt fühlte sich an, als ob der Wald selbst sie aufhalten wollte. Äste schienen ihre Kleider zu greifen, das Gestrüpp wurde dichter, und das Atmen fiel ihnen schwerer, als ob die Luft selbst sich gegen sie wendete.

Doch dann, wie durch ein Wunder, entdeckten sie ein paar Lichter in der Ferne. Es waren die Fackeln, die sie zurückgelassen hatten, als sie aufgebrochen waren. Ein Funke der Hoffnung erwachte in ihnen, und sie kämpften sich durch die letzten Schritte, bis sie endlich den Waldrand erreichten.

Die Männer, die aus dem Wald zurückkehrten, waren verändert. Ihre Gesichter waren von Furcht gezeichnet, ihre Kleidung zerfetzt und blutig, und die Dorfbewohner, die sie empfingen, sahen in ihren Augen das Grauen, das sie im Herzen des Waldes erlebt hatten. Sie waren nur noch ein Bruchteil der Truppe, die losgezogen war, und die Geschichten, die sie erzählten, klangen so schaurig und unvorstellbar, dass niemand wusste, ob es Mut oder Wahnsinn war, das die Männer dorthin getrieben hatte.

Der Wald, so erkannten sie, war mehr als nur ein Ort – er war ein Wesen, ein Mysterium, das seine Geheimnisse eifersüchtig bewahrte und jeden

bestrafte, der es wagte, zu tief in sein Herz
einzudringen.

Kapitel 6: Die Gründung im Triumph

Nach dem triumphalen Sieg über den Greif
schien der Wald seine bedrohliche Macht zu
verlieren. Der Schrecken, der so lange über den
Dörfern gehangen hatte, wich langsam einem
Gefühl der Zuversicht und des Stolzes. Die
Menschen erkannten, dass dieser Ort, an dem
ihre Freunde und Familienmitglieder ihr Leben
verloren hatten, nun ein Platz des Gedenkens
und der Gemeinschaft werden könnte. Ein Ort,
an dem sich Menschen versammeln, sicher leben
und den Wald ehren konnten, ohne seine
Gefahren zu fürchten.
Im ersten Jahr nach dem Sieg über den Greif war
die Stimmung in der neuen Siedlung von
Tatendrang und Ehrerbietung geprägt. Die ersten
Hütten wurden gebaut, direkt am Fuß der alten
Eiche, die einst das Nest des Greifs beherbergt
hatte. Die Bewohner arbeiteten unermüdlich,
schufen provisorische Wege und befestigten die
Bauten, um sich vor den rauen Witterungen zu
schützen. Noch immer war der Wald für sie ein
geheimnisvoller und unergründlicher Ort, doch
der Sieg über den Greif hatte ihnen den Mut
gegeben, hier zu bleiben und etwas Dauerhaftes
zu errichten.
Der Baum selbst wurde bald zu einem Symbol des
Gedenkens und der Ehrfurcht. Die Männer, die
den Kampf überlebt hatten, kehrten immer
wieder zur alten Eiche zurück, hängten kleine
Holztafeln daran, in die sie die Namen ihrer
gefallenen Kameraden schnitzten. Jedes Mal,
wenn ein neuer Besucher kam, erzählten sie ihm

die Geschichte des Greifs und der Männer, die ihr Leben riskierten, um die Dörfer zu schützen. Die Eiche, die sie die **Ehrungseiche** nannten, wurde zum Mittelpunkt der Gemeinschaft, und bald begannen die Bewohner, eine Art Tradition daraus zu machen, an diesem Baum eine regelmäßige Gedenkfeier abzuhalten.

Mit der Zeit zog es auch Menschen aus den umliegenden Dörfern zu diesem besonderen Ort. Händler und Handwerker kamen, angelockt von den Erzählungen und der Möglichkeit, in einer wachsenden Siedlung neue Märkte zu erschließen. Schmiede, Tischler und Zimmermänner trugen dazu bei, dass die Siedlung wuchs, und schon bald wurden aus einfachen Hütten festere Häuser, errichtet aus den Hölzern des Waldes, die sie nun mit Respekt und Achtsamkeit nutzten. Es war eine gegenseitige Verpflichtung zwischen den Menschen und dem Wald: Sie nahmen, was sie brauchten, und achteten darauf, dass das Gleichgewicht gewahrt blieb.

In diesem Jahr, als die ersten festen Gebäude errichtet wurden, beschlossen die Dorfbewohner, dem Ort einen festen Namen zu geben. Die Ältesten der umliegenden Dörfer versammelten sich in einer feierlichen Zeremonie am Fuß der Eiche und berieten darüber, wie man diesen Platz nennen sollte, an dem sich das Leben der Menschen so tiefgreifend verändert hatte. Es gab viele Vorschläge, doch schließlich einigte man sich auf „**Greifswald**", um den Greif und den Wald als ewige Mahnung an die mutigen Taten der Männer und die ungezähmte Natur des

Waldes zu ehren. Der Name Greifswald sollte fortan nicht nur für den Wald selbst stehen, sondern für die Entschlossenheit und den Mut der Menschen, die ihn bezwungen hatten.
Im Verlauf der Jahre wuchs die Siedlung stetig. Neue Familien ließen sich nieder, und die Dorfbewohner fügten ihrem Alltag viele neue Bräuche hinzu, um die Geschichte lebendig zu halten. Ein besonders wichtiges Ritual wurde die jährliche Feier zum Gedenken an den Sieg über den Greif. Jedes Jahr am Ende des Sommers, wenn die Tage kürzer wurden und der Wald in goldenes Licht getaucht war, versammelten sich die Dorfbewohner an der Ehrungseiche, um den Gefallenen zu gedenken und den Sieg zu feiern. Sie schmückten den Baum mit Kränzen aus Eichenlaub, entzündeten Fackeln und brachten einfache Opfergaben wie Brot und Wein dar. Die Ältesten erzählten von dem Kampf, und die Kinder hörten mit großen Augen zu, wie ihre Väter und Großväter das schaurige Wesen bezwungen hatten.
Im Laufe der Zeit begann Greifswald, ein Magnet für Abenteurer und Wissbegierige zu werden. Geschichten von mutigen Männern und geheimnisvollen Kreaturen zogen immer mehr Menschen an, und die kleine Siedlung entwickelte sich zu einem Ort, an dem die Menschen Geschichten austauschten und Erfahrungen sammelten. Gasthäuser entstanden, in denen Reisende einkehrten und lauschten, während die Einheimischen mit wachsender Begeisterung die Legende vom Greif erzählten. Auch wenn es ein Wesen der Vergangenheit war,

so blieb der Greif in den Köpfen und Herzen der Dorfbewohner lebendig, und die Geschichten darüber prägten den Ort tief.

Handwerker und Händler bereicherten das Dorf mit ihren Fähigkeiten und Waren, und bald war Greifswald für seine Schnitzereien und Holzarbeiten bekannt, die oft Motive des Waldes und des Greifs aufgriffen. Das Symbol des Greifs war allgegenwärtig: Es zierte die Türen und Fensterläden, und selbst das Wappen der Stadt zeigte bald die Umrisse des mächtigen Wesens, das ihnen so viel abverlangt hatte. Die Ältesten pflegten die Geschichte des Greifs mit großer Sorgfalt und passten sie an jede neue Generation an. Sie wussten, dass die Legende ein Teil der Identität Greifswalds geworden war und dass sie über die Jahre hinweg zu einer Art heiliger Wahrheit für die Gemeinschaft wurde.

Im Zentrum all dieser Aktivitäten blieb die Ehrungseiche, die über die Jahre hinweg zum Symbol des Sieges und der Erinnerung wuchs. Die Menschen mieden den Wald zwar nicht mehr so wie früher, doch sie respektierten ihn und erinnerten sich an die Grenzen, die sie ihm einst gesetzt hatten. Die Eiche stand als stiller Zeuge der vergangenen Ereignisse und als Mahnung, dass der Wald und seine Geheimnisse nicht vollständig zu durchdringen waren. Die Menschen nutzten die Ressourcen des Waldes achtsam und achteten darauf, das Gleichgewicht nicht zu stören, denn sie wussten, dass die Kräfte des Waldes unberechenbar sein konnten.

Greifswald wuchs weiter, und die Verbindung
zum Wald blieb für die Gemeinschaft stets ein
zentrales Thema. Jedes Jahr zur Gedenkfeier
erneuerten die Bewohner ihren Schwur, den Wald
zu ehren und sich an die alten Geschichten zu
erinnern. Der Sieg über den Greif war nicht nur
ein Triumph über ein Ungeheuer gewesen,
sondern auch ein Wendepunkt im Verhältnis der
Menschen zur Natur und zu den Kräften, die sie
nicht vollends verstehen konnten.
So wurde aus einer kleinen Siedlung eine
blühende Gemeinschaft, die die Legende des
Greifs in jeder Faser ihrer Existenz trug. Und so
wuchs Greifswald weiter, ein Ort des
Zusammenhalts, der Erinnerung und des Respekts
vor der Natur. Der Name der Stadt wurde weit
über die Grenzen der Dörfer hinaus bekannt, und
jeder, der die Geschichte hörte, wusste, dass
Greifswald ein Ort war, an dem Mut und
Gemeinschaft für immer in die Herzen der
Menschen eingraviert waren.

Kapitel 3: Die Schicksalsflecken und die wachsende Last

Der Herbst über Ueckermünde wurde dunkler, und die Tage verloren mehr und mehr an Helligkeit. Nebelschwaden schwebten am Haff entlang und hüllten die alten Häuser in einen fast geisterhaften Schleier. Es schien, als hätte die Stadt eine schwere Stille angenommen, die nicht nur in den Straßen, sondern auch in den Herzen der Menschen lag, die Lotte aufsuchten. In der kleinen Wohnung, die sie mit ihrer Mutter teilte, saß sie an ihrem Tisch und blätterte durch die Seiten ihrer Notizen – eine Sammlung skizzenhafter Zeichnungen von Leberflecken, die sie in den vergangenen Monaten gesehen hatte, und Beobachtungen, die sie über ihre Besitzer gemacht hatte.
Eines Abends, als sie über ihre Aufzeichnungen nachdachte, klopfte es an der Tür. Ihre Mutter hatte sie bereits vor den vielen Besuchern gewarnt und fühlte sich zunehmend unwohl mit der wachsenden Aufmerksamkeit für Lottes Gabe. Doch diesmal war es kein Nachbar, sondern ein Mann, den Lotte noch nie gesehen hatte. Er trug einen alten Trenchcoat und hielt einen abgenutzten Hut in den Händen. Sein Gesicht war von den Jahren gezeichnet, und die Falten um seine Augen verrieten eine Mischung aus Traurigkeit und Entschlossenheit.
„Bist du das Mädchen, das in den Flecken liest?" fragte er leise und mit einer Dringlichkeit, die Lotte zugleich erschreckte und neugierig machte. Sie nickte und bat ihn zögerlich herein.

Der Mann setzte sich auf den Stuhl, den sie ihm
anbot, und sah sie für einen Moment schweigend
an. Schließlich sprach er: „Ich habe gehört, dass
du Dinge erkennen kannst, die anderen
verborgen bleiben. Vielleicht ist es ein dummer
Aberglaube, aber ich habe einen Fleck, den ich
nicht verstehe. Ich wollte immer wissen, was er
bedeutet. Kannst du mir helfen?"
Lotte nickte und wartete, bis der Mann seinen
linken Ärmel hochschob und einen Fleck an der
Innenseite seines Oberarms zeigte. Der Fleck war
ungewöhnlich, fast rund, doch mit winzigen, wie
ausgestanzten Rändern, die an die Zacken eines
Zahnrades erinnerten. Seine Farbe war ein tiefes
Braun, fast schwarz, und in der Mitte schien sich
ein dunkler Punkt zu befinden, der wie ein kleines
Loch aussah.
Lotte spürte eine seltsame Schwere, als sie den
Fleck betrachtete, eine Last, die über den Mann
zu schweben schien. Es war ein Gefühl von
Einsamkeit, das sie durchzog, als könnte sie den
Schmerz und die verlorenen Jahre in ihm spüren.
„Dieser Fleck…", begann sie vorsichtig, „er ist
nicht wie die anderen. Es scheint, als würde er
eine Art Abgrenzung darstellen, ein Schutzschild,
aber auch etwas, das dich belastet. Hast du…
hast du jemals jemanden verloren?"
Der Mann senkte den Kopf und schloss für einen
Moment die Augen. „Ja," flüsterte er, seine
Stimme war rau und voller Bedauern. „Ich verlor
meine Frau und mein Kind vor vielen Jahren in
einem Unfall. Seitdem trage ich diesen Fleck, als
ob er sich dort gebildet hätte, wo die Erinnerung
an sie sitzt."

Lotte verstand, dass dieser Fleck eine Art Schicksalsfleck war, ein tiefer Abdruck der Vergangenheit, der sich in seiner Haut festgesetzt hatte. „Ich denke, dieser Fleck ist mehr als nur eine Erinnerung. Er ist ein Symbol für die Last, die du trägst, aber vielleicht auch für die Liebe, die dich an sie bindet. Manchmal bleiben solche Flecken, um uns daran zu erinnern, wer wir sind und was uns wichtig ist. Vielleicht könnte er sich verändern, wenn du bereit bist, die Vergangenheit loszulassen, ohne sie zu vergessen."

Der Mann sah sie an, und in seinen Augen lag ein leises, unmerkliches Aufblitzen von Hoffnung. Er bedankte sich und verließ das Haus, aber Lotte wusste, dass die Begegnung ihn verändert hatte. Die Last, die er trug, schien nicht mehr so schwer wie zuvor, und sie hoffte, dass der Fleck ihm eines Tages Frieden bringen könnte.

In den folgenden Wochen nahmen die Besuche weiter zu. Lotte wurde zur Anlaufstelle für Menschen, die ihre Lebensgeschichten in ihren Flecken verstanden wissen wollten. Die Nachbarschaft begann sie in einem neuen Licht zu sehen, doch die Last dieser Verantwortung bedrückte Lotte. Manche kamen mit Tränen, manche mit versteinerten Gesichtern, und die Geschichten, die sie in den Flecken las, waren oft voller Schmerz und ungelebter Träume.

Eines Nachmittags, während sie gerade in ihre Notizen vertieft war, öffnete ihre Mutter plötzlich die Tür und rief: „Lotte, komm bitte ins Wohnzimmer. Jemand ist hier, der mit dir sprechen möchte." Sie folgte ihrer Mutter und sah, dass Frau Gisela, die Hotelbesitzerin, sie erneut aufsuchte. Doch diesmal war Frau Gisela nicht allein. Neben ihr stand ein Mann in einem grauen Anzug, der einen strengen, aber höflichen Ausdruck hatte. Seine Augen ruhten aufmerksam auf Lotte.

„Das ist Herr Schneider," sagte Frau Gisela leise. „Er ist… nun ja, er arbeitet für die Bezirksleitung." Lotte spürte, wie ihr Herz schneller schlug. Die Bezirksleitung bedeutete oft Einfluss und Macht, und sie verstand nicht, warum jemand wie Herr Schneider an ihr interessiert sein könnte.

„Lotte," begann Herr Schneider mit einer glatten, beinahe väterlichen Stimme, „ich habe von deinen Fähigkeiten gehört. Manche nennen es eine Gabe, andere einen Zufall, aber ich habe Grund zur Annahme, dass du Dinge wahrnehmen kannst, die anderen verborgen bleiben. Es gibt da jemanden, einen unserer hochgeschätzten Kollegen, der um deinen Rat bittet."

Lotte fühlte die Dringlichkeit seiner Worte und verstand, dass dies kein gewöhnlicher Besuch war. Sie folgte Herrn Schneider und Frau Gisela hinaus auf die Straße, wo ein schwarzer, glänzender Wartburg stand. Sie stiegen ein, und der Wagen fuhr durch die engen, gepflasterten Gassen von Ueckermünde, bevor er in eine Straße einbog, die zum Bürogebäude der Bezirksleitung führte.

Als sie ausstieg, wurde sie von Herrn Schneider in ein kleines Büro geführt, das nur spärlich beleuchtet war. Dort wartete ein Mann auf sie – ein hoher Parteifunktionär mit einem scharf geschnittenen Gesicht und einem

durchdringenden Blick. Er musterte sie für einen
Moment schweigend, bevor er mit einer knappen
Bewegung auf einen Stuhl wies.
„Lotte, ich habe von dir gehört," sagte er mit
einem Tonfall, der sowohl freundlich als auch
beunruhigend war. „Ich habe… gewisse Sorgen.
Einen Fleck, der mir Kopfzerbrechen bereitet." Er
zog seinen Hemdkragen zur Seite und offenbarte
einen tiefbraunen Fleck an der rechten Seite
seines Halses. Der Fleck war ungewöhnlich groß
und schien wie ein dunkler Schatten auf seiner
Haut zu liegen.
Lotte betrachtete den Fleck und spürte eine
seltsame Unruhe. Es war, als ob dieser Fleck etwas
verbarg, eine Art Verschleierung, die sie nur
schwer durchdringen konnte. „Dieser Fleck,"
begann sie langsam, „er scheint… mit deiner
Zukunft verbunden zu sein. Er könnte ein Zeichen
für eine Veränderung sein, etwas, das auf dich
zukommt. Ich kann es nicht genau erklären, aber
es fühlt sich an, als würde er dich vor einem
möglichen Verlust oder einem Umbruch warnen."
Der Funktionär sah sie aufmerksam an und nickte
schließlich. „Interessant. Es gibt Dinge, die ich
noch klären muss, das stimmt. Danke, Lotte." Er
legte den Kragen wieder zurück, und Lotte
spürte, dass das Gespräch damit beendet war.
Herr Schneider führte sie zurück zum Wagen und
brachte sie nach Hause, ohne ein weiteres Wort
über die Begegnung zu verlieren.
Zurück in ihrem Zimmer setzte sich Lotte an ihren
Schreibtisch und dachte über die Begegnung
nach. Es war seltsam, wie dieser Mann auf sie
zugekommen war, wie er ihre Fähigkeiten ernst

genommen hatte. Doch gleichzeitig fühlte sie eine wachsende Last auf ihren Schultern. Die Flecken der Menschen trugen ihre Geschichten und Schicksale, aber auch ihre Ängste und ihre Hoffnungen. Sie spürte, dass ihre Gabe zu einer Art Brücke geworden war, über die andere ihre Geheimnisse und Wünsche transportierten, und dass sie selbst bald die Grenze ihrer Belastbarkeit erreichen würde.

In den folgenden Wochen kamen mehr Menschen, selbst aus anderen Städten, die von ihrem Ruf gehört hatten. Einige Flecken sprachen von Glück und Liebe, andere von Verlust und Krankheit. Es war, als ob die Flecken lebendig wurden und ihre Geschichten selbst erzählen wollten. Lotte begann, Tagebuch zu führen, um die Zusammenhänge besser zu verstehen und ihre Deutungen zu verfeinern. Sie entdeckte Muster, bestimmte Farben und Formen, die oft wiederkehrten und ähnliche Bedeutungen trugen.

Doch mit jeder Geschichte, die sie las, wuchs das Gefühl der Erschöpfung. Die Schicksale, die sich in den Flecken verbargen, lasteten auf ihr, und sie fragte sich, wie lange sie diese Last noch tragen konnte.

Kapitel 7: Die Namensgebung und das Vermächtnis

Mit der wachsenden Siedlung nahm auch die Bedeutung von Greifswald in der Region zu. Die Menschen aus den umliegenden Dörfern kamen, um Handel zu treiben, die berühmte Ehrungseiche zu besuchen und an den jährlichen Feierlichkeiten teilzunehmen, die den Sieg über den Greif zelebrierten. In wenigen Jahren war Greifswald von einem kleinen Außenposten zu einer florierenden Gemeinde geworden. Doch neben dem sichtbaren Wachstum entwickelte sich auch ein tiefes kulturelles Vermächtnis, das die Identität des Ortes prägte.

Der Name „Greifswald" war inzwischen fest im Sprachgebrauch der Bewohner verankert, doch die genaue Herkunft des Namens und die Geschichte dahinter wurden zu einem wichtigen Symbol. Die Ältesten des Dorfes, die Zeugen des Kampfes gegen den Greif gewesen waren, sorgten dafür, dass die Geschichte in ihrer vollständigen, ehrfurchtgebietenden Form überliefert wurde. Es war ihnen bewusst, dass die Generationen, die nun nachkamen, nicht mehr die Schrecken des Waldes und das Grauen, das von der Kreatur ausging, selbst erlebt hatten. Sie wollten sicherstellen, dass der Mut und die Opfer ihrer Kameraden niemals in Vergessenheit gerieten.

Die Ältesten etablierten daher eine Tradition, bei der die Geschichte des Greifs und seiner Bezwinger in festlichen Zeremonien erzählt wurde. Jedes Jahr, zur Zeit der ersten Herbstnebel, versammelten sich die Dorfbewohner an der Ehrungseiche, und ein gewählter Ältester erzählte in voller Länge, wie der Greif im Herzen des Waldes besiegt worden war. Die Kinder lauschten mit großen Augen, während die Erwachsenen den Worten mit einer Mischung aus Stolz und Ehrfurcht folgten. Der Greif, der einst eine bedrohliche Kreatur gewesen war, wurde zu einem Symbol für die Stärke und den Zusammenhalt der Gemeinde.

Es entstand der Brauch, den Namen der Siedlung in diesen Zeremonien zu ehren. Die Dorfbewohner hängten kleine Amulette und Talismanen an die Äste der Eiche, jedes ein Symbol für den Mut derjenigen, die einst gegen das Ungeheuer gekämpft hatten. Diejenigen, die besonders mutig waren oder außergewöhnliche Taten vollbracht hatten, erhielten das Recht, eine eigene Gravur an der Ehrungseiche anzubringen. Die Eiche wuchs mit den Jahren zu einem lebendigen Denkmal, das die Geschichte der Stadt in jeder Linie ihrer Rinde festhielt.

Mit der Zeit wurde der Name „Greifswald" sogar über die Dörfer hinaus bekannt. Händler und Reisende, die von der Geschichte des Greifs gehört hatten, erzählten die Legende weiter. Die Siedlung, die am Rand des Waldes entstanden war, entwickelte sich zu einem Ort, der von weit her aufgesucht wurde. Menschen kamen, um den Ort des Kampfes zu sehen, die Ehrungseiche zu berühren und an den jährlichen Feierlichkeiten teilzunehmen. Greifswald wurde zu einer Art Pilgerstätte, die die Erinnerung an den Greif und

den Sieg der Menschen über das Ungeheuer
bewahrte.
Doch neben den Feierlichkeiten und
Geschichten blieb auch ein feiner Hauch von
Ehrfurcht vor dem Wald bestehen. Obwohl die
Dorfbewohner den Wald nun regelmäßig nutzten
und ihn nicht mehr als verbotene Zone
betrachteten, bewahrten sie dennoch eine
gewisse Distanz. Die Ältesten erinnerten immer
wieder daran, dass die Kräfte, die im Dickicht
lauerten, nicht vollständig verstanden waren. Der
Wald blieb ein Ort der Mysterien, ein Reich, das
den Menschen zwar Nahrung und Schutz bot,
aber auch seine Geheimnisse und seine
unberechenbaren Gefahren besaß.
In den darauffolgenden Jahren entwickelte sich
Greifswald weiter. Die Siedlung wurde zu einer
Stadt, und ihre Bedeutung wuchs stetig. Händler
aus fernen Städten, Abenteurer und sogar
Gelehrte kamen nach Greifswald, um mehr über
die Legende des Greifs zu erfahren und die
berühmte Ehrungseiche zu sehen. Die Stadt
wurde zu einem Ort, der für Mut und
Gemeinschaft stand, für die Entschlossenheit,
trotz aller Widrigkeiten zu überleben und zu
gedeihen.
Über Generationen hinweg blühte Greifswald,
doch die Geschichte des Greifs und das
Vermächtnis des Namens blieben unvergessen.
Der Wald, einst ein Ort des Schreckens, war nun
Teil der Stadt und wurde von den Bewohnern mit
Respekt und Ehrerbietung behandelt. Der Name
Greifswald, der an die Kraft und den
Zusammenhalt seiner Gründer erinnerte, wurde

zum Inbegriff einer Stadt, die aus dem Schatten eines mächtigen Ungeheuers emporgewachsen war.
So lebte der Greif weiter, nicht als Bedrohung, sondern als lebendige Erinnerung und als Mahnung, dass Stärke und Mut in den Herzen der Menschen wohnten, die Greifswald ihre Heimat nannten.

Epilog: Das Erbe der Ehrungseiche

Jahrhunderte nach der Gründung von Greifswald steht die Ehrungseiche noch immer fest verwurzelt im Herzen der Stadt. Mit jedem Jahr, das vergeht, wird sie größer und mächtiger, ihre Äste breiten sich wie schützende Arme über den Platz aus, der zu einem zentralen Ort der Gemeinschaft geworden ist. Die Menschen von Greifswald haben sich längst vom reinen Holzfällerdorf zur modernen Stadt entwickelt, doch die Bedeutung der Eiche und die Legende des Greifs sind tief in der Kultur und Identität der Stadt verankert.

In einer Zeit, in der Geschichten und Legenden oft nur noch als Überlieferungen gelten, ist die Erinnerung an den Greif und die Männer, die ihn besiegten, für die Bewohner von Greifswald lebendig geblieben. Jedes Jahr, wenn der Herbstnebel die Stadt in einen Schleier legt und die Blätter der Eiche sich rot und golden färben, findet das traditionelle Gedenkfest statt. Kinder laufen mit leuchtenden Augen durch die Straßen, lauschen den Geschichten von ihren Eltern und Großeltern, und Jugendliche, die vielleicht erst die Bedeutung der Traditionen entdecken, legen Amulette und kleine Opfergaben an den Stamm der Eiche.

Die älteren Bewohner erzählen mit Stolz die Geschichte der Gründung und des Kampfes gegen den Greif, und die Stadt hat sogar das alte Wappen des Greifs als Symbol aufrecht erhalten. Die Ehrungseiche steht im Zentrum der Feierlichkeiten, geschmückt mit Kränzen und

kleinen Holztafeln, auf denen die Namen der
Menschen eingraviert sind, die über die Jahre
hinweg die Gemeinschaft durch ihre Taten und
ihren Einsatz bereichert haben. Es ist eine Art
lebendiges Vermächtnis, das die neuen
Generationen daran erinnert, wie eng die
Geschichte und die Werte der Stadt miteinander
verbunden sind.
Doch die Stadt Greifswald hat nicht nur ihre
Traditionen bewahrt; sie hat sich auch der
modernen Zeit angepasst. In einer kleinen
Ausstellung im Rathaus wird die Legende des
Greifs dokumentiert, und Gelehrte und Historiker
kommen zusammen, um die Wurzeln der
Erzählung zu erforschen und zu ergründen, ob es
vielleicht sogar historische Hinweise auf das
Wesen gibt, das einst die Wälder regierte. Das
Interesse an der Legende zieht Menschen aus der
ganzen Welt an, die die Stadt und ihre
Geschichten kennenlernen möchten. Mancher
Besucher bleibt länger, fasziniert von der
einzigartigen Mischung aus Tradition und
moderner Stadt, die Greifswald verkörpert.
Für die Bewohner ist die Ehrungseiche nicht nur
ein Symbol ihrer Vergangenheit, sondern auch
ein Mahnmal, das an die Natur und den Respekt
erinnert, den sie verdienen. Die Stadt hat ein
Naturschutzprogramm ins Leben gerufen, das
den Wald um Greifswald herum schützt und
bewahrt – ein weiterer Tribut an die Kräfte, die im
Dickicht verborgen liegen. Die alten Geschichten
mahnen die Menschen, stets ein Gleichgewicht
zu wahren und ihre Umgebung mit Ehrfurcht zu
behandeln.

Junge Familien pflanzen kleine Eichen in den
Außenbereichen der Stadt, um das Erbe der
Ehrungseiche weiterzuführen, und die Kinder
wachsen mit der Geschichte des Greifs auf,
lernen, dass die Werte ihrer Vorfahren – Mut,
Gemeinschaft und Respekt vor der Natur – auch
in der heutigen Zeit von Bedeutung sind.
So lebt die Legende des Greifs weiter, ein fester
Bestandteil der Stadt und ihrer Menschen, die
den Wald und die Ehrungseiche mit Stolz und
einem tiefen Sinn für ihre Vergangenheit
betrachten. Greifswald ist zu einer lebendigen
Brücke zwischen den alten Zeiten und der
modernen Welt geworden – ein Ort, an dem die
Vergangenheit nicht nur als Erinnerung
fortbesteht, sondern aktiv die Zukunft formt.